歌集

八ヶ岳の森

内田淳子

現代短歌社

アサギマダラ

序歌　『八ヶ岳の森』に寄せて

雁部貞夫

八ヶ岳讃歌

杣添の森に作りし山小屋に鳥が音あまた聞き分くる君
甲斐信濃さかふ御山の麓原桷《ずみ》の太樹よとこしへにあれ

君知るや八ヶ《やつ》岳の麓の森深く栂松茸の生ふる
ところを

君知るや北八ヶ岳の隠り沼《ぬ》を黄金に染める落
葉松の秋

這松を覆ひ隠せる雪の杣添尾根飛ぶが如くに
馳け下りし春

目次

八ケ岳の森

平成二十年

八ケ岳の森　㈠

この雪の解けなば工事の始まらむ子は山小屋を建てむと決めて

人踏まぬ雪の敷地に子は入りてここアプローチと指もて示す

敷地内に伐採したる木は積まれ雪被りをり斜面拓きて

白檜曾《しらびそ》の伸び立つ木末に青々と平たき巣あり鳥は何処ぞ

米栂も山桜も自然のまま残す水音響く敷地のなかに

晴るる空俄かに曇り吹雪きくる信濃の一日かくて暮れ行く

降る雪は夜のロッジの庭おほひ物音も無し我のめぐりは

窓外は雪つのりつつ子らと来て鳩のロースト焼くるをぞ待つ

○

きしきしと雪を踏みゆくタイヤの音重く響けり森にこもりて

落葉松の枝透かしのぼる日輪ぞ我ら待ちゐしこの一瞬を

雪の庭に餌拾ひゐる川原鶸に鶯も混りて我は見飽かず

赤岳の雪の輝きを見つつ下るロッジには御節《おせち》の整ひをらむ

ひところ雪の残るは牧草地八ケ岳の裾野に立ちて子は言ふ

見はるかす八ケ岳の裾野の開拓地赤きセダンの走り抜け行く

雪解けなば山小屋の工事始まらむ探鳥の会を我は待つべし

百人一首

葉の落ちし栴檀の実の耀きを朝々に見て朝々すがし

ピラカンサの実を食みつくして鳥も来ず餌台に乾びしりんご残して

祖母我の電話と知りて汝は言ひ放つ「衣ほすてふ天の香具山」

母親の留守の電話に出でし汝覚えし百人一首を立て続けに言ふ

入試休暇の在校生への宿題か汝の諳ずる百人一首は

これは僕にも解るよなどとかるく言ひ「富士の高嶺に雪はふりつつ」

丸暗記すればどうにかなると言ふ覚え切れない百人一首は

名刺

爽やかな名刺一枚歯科医院の名に因む緑の木をモチーフに

人生初めての汝の名刺か横書きにシンプルなり歯科医師の肩書きそへて

臘梅の花は僅かに咲きて過ぎふたたび花無き冬庭となる

根の詰めすぎ程々にせよと夫に言はれ来て今もそのまま子に言はれゐる

夫逝きて二年目の春久々に風を入れむか窓開け放つ

車より降りし数人真夜中の工事現場に散らばりて行く

夜の十時一斉に工事始まりて道連打する音の続けり

河津桜

道々に色濃く咲くは河津桜かいよよ目的地に近づく思ひ

ループ橋を下り来て咲き満つる花にあひ心弾みて街に入りゆく

橋の上より見下ろす土手に咲き続く菜の花は二列規則正しく

川土手に紫陽花咲くは三月後か桜の下を行きつつ思ふ

我が足に歩行の叶ふ限度かと河津七滝のひとつを見上ぐ

柱状節理の肌へあらはに迸る滝の飛沫は谷にとよみて

この市街の森より出でて一日に百万トンの清水湧き出づる川

柿田川の砂を激しく巻き上げつつ湧ける泉か幾ところにも

深く大き円筒の底より湧ける水クレソンのながれを押しなびけつつ

木の枝に鷺は動かず柿田川湧水群の流れの上に

飛鳥山博物館

浅き水の流れに入りて遊ぶ子ら桜の下の日差し明るく

安産を祈りて一度は壊されし縄文の土偶復元されたり

仮面をかむる土偶は何を意味するか身の丈二十六センチなり

蛤と牡蠣の貝殻の集積か中里貝塚の剝ぎ取り標本

焼け石を投げ入れ水は沸騰す貝の加工法つぶさに見たり

木をくりぬき焦がしては削りし丸木舟木目に焦げし跡しるくして

深き堀をめぐらす弥生の環濠住居赤米も高坏の桃も親しく

糸通しの穴工夫せる古墳期のガラスの小玉の鋳型残れり

この鋳型にぎつしり並ぶ古墳期のガラスの小玉想ひて楽し

八ケ岳の森　㈡

基礎を打つ位置をきめむと歩幅広くなだらかな斜面を子は登りゆく

（地鎮祭）

この敷地の白樺と桜は残したい息子はしきりに木肌なで言ふ

切る樹木残す樹木を標して地鎮祭終へし山になほしばしをり

白樺と岳樺の見分けを今日は知りつづまりは白樺を三本残す

窓ガラスに接着されし餌台に繰り返し鷺の来りては去る

谷を一気に渡り来たりし河原鶸餌台に飛ばす向日葵の殻を

河原鶸・鷺・斑鳩と来り去るこのレストランに二時間飽くこともなし

八ケ岳より持ち帰りたる落葉松の日に日に新芽伸び立つ楽し

のらぼう菜

庭の菫見つつ思へり土屋先生の金剛こますみれは如何なる花か

磯渡りの石を危ふく踏みてゆく遠く大島桜の花は散りつつ（清澄庭園二首）

金黒ハジロの群は遠のき蝌蚪泳ぐ浅き流れを娘と越えゆく

苺の熟度を計測し摘み取るロボットか一粒づつトレーに並べゆくとぞ

水田を掻き分け進むロボットは合鴨農法に引けをとらざり

全地球測位システム《ジー・ピー・エス》を搭載せる田植ゑロボットは誤差数センチ宇宙の目より

田の四隅の緯度経度より設定して雨の日も稼働せむ田植ゑロボット

年貢を逃れし野菜と伝ふる「のらぼう菜」わが町のレストランのメニューにもあり

「野良にぼうつと生えてゐる」のらぼう菜特産品の人気続くや

胡麻和へにサラダに楽しむ「のらぼう菜」今日はキーマ・カレーの具とせり嫁は

黄に熟れて括られてゐる「のらぼう菜」君の畑に種を結びぬ

浜離宮庭園

海風か地下鉄の風かエスカレーターを乗り継ぎ汐留の駅に降り立つ

頬杖と呼ばるる支柱をあまた立て三百年の松は逞し

島築きしめぐりに鯔のかげ群れて幾ところにも波の煌く

古の鴨場の跡か追ひ詰めし獲物を覗く小窓残れり

潮入りの池に騒立つ鯔の群海より注ぐ水はひびきて

都幾の山

土屋先生のみ墓の前に七十名著莪の花過ぎ緑こき山に

箱根空木咲く傍らに花過ぎし駿河台匂の一木静けし

四照花の苞葉は谷に白く映え雨つのる都幾の山下り行く

開業記念の白き菖蒲をなつかしむ夫逝きて二年今年も咲きて

箱根登山電車

登山電車は忽ち急なる坂をゆく紫陽花は窓に触るるばかりに

紫陽花の花咲く車窓三輌の電車の傾斜に身をゆだねつつ

今過ぎて来し早川の鉄橋は遥か下スイッチバックの操作始まる

スイッチバックの電車止まれば入れ替はる車掌と運転手がホーム行き来す

ぐんぐんと電車は高度を上げて進むスイッチバック終へ強羅の方へ

このホテルの丹塗りの手摺りに触れて行くすでに幾たりか待つダイニングへと

我と娘に過ぎし日悲しむなめらかな冷製ジャガ芋のスープ《ヴィシソワーズ》を匙にすくひて

強羅公園に寄らず帰らむ母親を待つ少年のゐる汝なれば

雲南黄梅

声をころがし囀る鳥を見きはめむ楝の繁りを今朝も見上げぬ

牧野植物園に絶滅危惧種と知りてより庭の幣辛夷にいたくこだはる

夏の手入れ終へし雲南黄梅の軽やかに見ゆ風透しつつ

花つきの悪き山茱萸は植ゑかへむ日当たりのよき場所も無けれど

夏の終はりに再び咲かむ凌霄花すでに枝先に蕾ふふみて

マーケット・リサーチ

夫亡きのち弱音も吐かず過ごし来てため息をつく今日の我が娘

勤務医か開業医か長女の行く末を思ふらし夫を亡くしし娘は

後継者をきむるは先のこととして歯科医師の腕を磨けと言ひぬ

開業前のマーケット・リサーチも必要かまず住む場所を確保するべし

八ケ岳の森　㈢

欧州赤松《フィンランド・パイン》の木の香のこもる普請場に形なしゆく子の山小屋は

普請場に傷つけられし七竈の紅葉は早しと職人言へり

ウッドデッキに静かにせせらぎを聴くもよし傍へに二本岳樺立つ

ログハウスにこだはる子とは思はざりきコンクリートの家に四十年住みて

深山苧環も河原撫子も色冴えて辿り着きたる我を慰む

隠り沼に続く近道を今日は知る散策のコースひとつ増えたり

豹紋蝶飛びかひ丸葉岳蕗咲きログハウス通りの昼は静けし

この園の観賞用野菜かズッキーニは切り口新し次々育つ

シチリア茄子・イエローパプリカ・モロッコ隠元小さき畑に主張それぞれ

うつぼ草の色冴えて咲く山の上故郷の淡き花も懐かし

この森は故郷の甲斐か県境の入り組む八ケ岳の裾野めぐりて

アテネより

停電を告ぐれば子はアテネよりワクチン冷蔵庫を点検せよと言ふ

日本より持ちゆきし携帯に明確にアテネの朝を子は伝へ来ぬ

アフェア神殿に上り行く時道々に色づき輝けりピスタチオナッツは

ドナウ三角洲《デルタ》に群れて魚を追ひつめる桃色ペリカンの動き素早く

北極圏の赤松のねぢれは著くして直ぐ立つは乏し白夜の国に

君の畑にやうやく熟れし「ペピーノ」か微かに香る二個が届きぬ

白鼻心に盗られし後の初成りのトロピカルフルーツ「ペピーノ」熟れて

夫も我も健やかにしてハーグに見しフェルメールのこの「真珠の耳飾りの少女」

全粒の小麦粉思はす籠のパン「牛乳を注ぐ女」の面輪明るく

丹念に描き込まれたるメイドの顔注げる牛乳《ミルク》の音さへ響く

「小路」に描く煉瓦の色はデルフトの町並みの色屋根も赤茶に

夫いまさばと思ふこと多し夢ながらせめて一声聞きたかりしに

夫の忌

わが嫁の心づくしの土瓶蒸し夫の写真を囲める会に

薄塩に味付けしたる子持ち鮎わが少年も余さず食みぬ

雫の如き塩の結晶を茎に集めて鹹《しほはゆ》きソルトリーフを歯切れよく食む

唐辛子・胡麻・豆三種類のソースを添へ和風ステーキにはマイクロトマト

夫の忌をうからと集ひ少年のためにはステーキの一皿加ふ

人参のムースに添へしフルーツ酸漿《ほほづき》幼き日を思ひ掌に置く

ダンシングレディー

八ケ岳は朝より風の強しと言ふ週末を過ごすと子は行きたるが

八ケ岳よりの携帯電話不調にて天の川がよく見ゆと言ひて切れたり

週末を山小屋に過ごすと行きし子ら薪ストーブが意外に快適といふ

夫逝きしかの頃の我を和ませしオンシジウム買ひ年暮れむとす

「ダンシングレディー」の名も持つオンシジウム亡き夫は知らざりしかとひそかに思ふ

庭に出し水培ひたればダンシングレディーのスカート今日はピンと広がる

玄関の出入りに楽し大鉢のダンシングレディのスカート張りて

ウエストのくびれも提灯袖も初々し我が大鉢のダンシングレディーは

砂漠化を阻まむとして内モンゴルにチューブ並べ草木を育てるといふ

砂の移動を止めし砂漠に自生せる若き芽は何ぞ成功伝へて

亡き夫の十年使ひしX線装置をデジタル化する工事始まる

休診日の庭にひびきて解体されしX線装置の搬出進む

三日かけて工事は進みわが医院のX線装置のデジタル化成る

こぼれ萌えの冬珊瑚の実の色づきてこの朝楽し庭を行きつつ

ムスカリも片栗も植ゑとりとめなし更に雑然と咲きつがむ庭

平成二十一年

八ケ岳の森　㈣

薪爆ずる音に目覚めぬ一階の居間にはすでに子の起き出でて（厳冬期）

深々と雪降る朝断崖《きりぎし》の下より杣添川の水音響く

昨日の雪の小さく積もる落葉松の枝下ろしたる切り口並びて

我が視野に一瞬舞ひしは米栂の枝につもりし昨夜の雪か

トナカイの電飾輝くこの森にいつの日か少年を伴ひて来む

大粒の実の成る万両届きたり歳晩の日々を我は楽しむ

ウッドデッキの林檎に歯形を残し去りし獣の足跡雪に続きて

年暮るる日を共々に子らと過ごす蕎麦掻があると言へば待ちつつ

ストーブによりて安らぐ干し柿を軒に吊るせる部屋暖かく

○

子の家とロッジを行き来する三日今日は子の家に御節を囲む

オリオンもカシオペアも中天に輝きて凍てつくロッジの庭に仰げり

登山道を来し少年ら羚羊に栗鼠にも遭ひしと昂ぶりて言ふ

向日葵の種を目として雪だるま去らむ朝もフェンスに並ぶ

燈々庵

茅の門をくぐりて奥へ進み行く露地行燈の傍ら過ぎて

石菖の冬の繁りに水ひびき久々に逢ふ孫娘待つ

一枝の臘梅を大き瓶に活く江戸の旧家の土蔵と伝ふ

ゆるきカーブ保ちて続くカウンター厚き欅板は黒光りして

少年は手際よく山女を食みゐたり添へたる野菜もたちまち平らぐ

香り立て音をたてつつ石の盤に黒毛和牛は焼き上がりたり

鳥を待つ

新しき果物の給餌台《フィーダー》をセットして何鳥を待つと言ふにもあらず

新しき果物の給餌台置きたれど小鳥ら寄り来ず昨日も今日も

古き餌場にひねもす鵯の来り去り水浴ぶる四十雀は今年未だ見ず

烏瓜の実はくりぬきて食べつくし鵯今朝は栴檀にをり

枝に吊る餌台目がけジャンプして鵯は啄ばむ羽ばたきながら

白玉椿切りて目白の来ずなりし庭をさびしむ夫亡き日々を

ミニ葉牡丹・ミニシクラメン・ミニ水仙　ミニを集めてこの冬楽し

花の形異なる二本の寒椿一本は寿蔵先生より頂きしもの

オリエンテーリングの集合駅まで送りたる少年は振り向かず駅舎に消えぬ

一杯の水を飲みやすめよと言ひし夫逝きたる今も守りて飲まむ

新しきパソコンに慣れむと絵を入れて葉書を書かむ書式も変へて

トートバッグにストーブの薪を詰め込みて山小屋に向かふ子らを見送る

貝母咲く

貝母咲き桜草咲くわが庭を娘見に来よ幼をつれて

庭に置く蜜柑を独り占めする鵯よ繰り返し来てまたも啄ばむ

子のための家建てたしと隣より乞はれて来りぬ境界確認に

これが五百坪の土地の広さか家庭菜園の区画にそれぞれ野菜育てて

二十三年前立会ひて入れし境界か気を揉むこともなしこの杭あれば

過ぎし日の境界を叢にたしかめて遠巻きに測量するを見守る

箱根

神代杉の根を流水に展示せり古き世の仙石原は湖底なりにし

この園にやうやく咲きし水芭蕉霜除けの扇風機高く掲げて

大涌谷より噴煙しきりに立つ中を一気に下るロープウェイは

足元より硫気沸き立ち岩肌を細き流れを硫黄染めゆく

巡り行くいづこもクリマスローズ咲く強羅に茂吉の歌碑も我が見つ

九州行

(一) 高千穂峡

鯱を屋根に掲げし村里を過ぎて行く南阿蘇村の昼は静けく

音もなく底ひゆるがし湧く泉南阿蘇村の谷深く来て

噴き上ぐる水は毎分六十トン砂も混じりて地底に揺らめく

トンネルの中の酒蔵に沈む匂ひ焼酎か清酒か樽あまたあり

頼朝の寄進したりし狛犬一対光反せりガラスケースに

畠山重忠手植ゑと伝ふるこの杉は宮崎の巨樹の一つか高千穂神社に

天の岩戸と思ふ辺りに目を凝らし少年は言葉なしこの神域に

高千穂峡を深く来りて響く水玉垂れの滝は段なししぶく

玉垂の滝の音聞きめぐり行く池あまたあり大き鯉飼ふ

雨にけぶる真名井の滝に近づきしボートゆるやかに向きを変へたり

㈡　豊後・竹田

瀧廉太郎旧居の塀の見えて来ぬ「荒城の月」の曲流るるトンネル出でて

凝灰岩をくりぬきし大き洞窟は厩なるべし瀧廉太郎の庭に

厩の屋根にはすみれの花の群れて咲き同じすみれの咲く路地を行く

「九重夢の大橋」渡り来たりて振り返る遠く硫黄山には噴煙上がりて

穏やかに硫黄岳の煙立ちのぼり音もなし遠くに滝は一筋

やまなみハイウエイ下りて行けば俄かにも由布岳見え来る木の間がくれに

カートに乗り通ひし岩風呂はかの辺り朝の裏山より湯気立ち上る

九州に唯一の水芭蕉自生地と水響く園に導かれ来ぬ

クレソンの花白々と咲き乱れ湖へ落ち行く流れ一筋

鮠に混じる大き魚影はテラピアと思はざることをこの湖に聞く

温泉の湯煙とも湖の朝霧とも先を急がぬ朝のひと時

坊主地獄海地獄と次々見て飽かず大鬼蓮は大き蕾を掲ぐ

㈢　磨崖仏

鬼が積みしと伝ふる石段いかに思ひしや少年はゆつたりと駆け下りて来ぬ

熊野磨崖仏見し昂ぶりに歩幅広く少年はわが前を通り過ぎたり

熊野磨崖仏より帰りし少年「余裕だよもう一度行ける」と屈託もなし

不動明王が二体の童子を従へて川中に立てり長く恋ひ来し

その影を川に落としていたいけな不動三尊川中に立つ

関鯵と関鯖を食べ旅終はる少年も友への土産買ひ持つ

八ケ岳の森　㈤

上枝と下枝にゐる花鶏《あとり》二羽様子伺ふごとく動かず

餌台より銜へて行きし向日葵を小雀は樅の枝に打ちつけては割る

五十雀は樅の木に縦に止まりつつ頭を下に素早く移動す

赤啄木鳥《あかげら》の動きは早し樅の木を移りあひ幹を上り下りして

樅の木に赤啄木鳥朝より来てをればドラミング聞かむと窓を開けたり

花鶏さへ五十雀は追ひ払ひ目つき鋭し動き素早く

辺りかまはず向日葵の殻を吹き飛ばし鶯は何時までも餌場を去らず

入院

病む腕を抱へ寝ね難き夜の明けて暁の雷を鬱々と聞く

暁の雷は止み空晴れて「大豆五駄《まめごだ》耕地」に囀る頬白

巡回の看護師ドアを閉めて去ればカサブランカ匂ふ空気動けり

骨盤に違和感持ちし日々過ぎてまざまざとひびの入りし映像

ひびの入る骨をつつみてのびてゆく骨見ゆといふこのフィルムに

伸び過ぎし骨はおのづから吸収さる生命の不可思議も知りて安けし

造影剤はなべて患部に集まりて診断なすかカルシウムシンチは

庭下駄に履き替へ菖蒲咲く庭に出づ三週間の入院より帰り来りて

思ひしより今年の皐月は勢ひて枝の逞し花咲きわけて

アイスプラント君より届き塩はゆき食感楽し病後の我に

明石潟

「明石潟」は大輪の紅き花と聞くのみに我はひたすら挿し木して待つ

幾人の手を経て我に届きたる明石潟挿し木して新芽伸びたつ

新芽伸びたつ明石潟を今日は庭に植ゑ降り出でし雨の音を清しむ

テル子夫人愛でたまひし明石潟植ゑて花待つ日々を楽しむ

八ケ岳の森　㈥

山小屋の工事終るかプランターに仮植ゑせし米栂を敷地に戻す

高床にログハウスの物置も備はりて子の山小屋の工事終りぬ

林の中に切り口並べ積み上げし三年分のストーブの薪

箱庭を楽しむごとし白き小石並べし区画のハーブさまざま

イタリアンパセリ程良く伸びしを摘む昼のパスタに使はむとして

米栂の林に我を誘ひて銀竜草咲く木下へ次々導く

鱗片状の葉につつまれし銀竜草山小屋の敷地に見出でし喜び

未だ姿を見し事もなしウッドデッキの餌箱を狙ふは山鼠の類か

形よき山梨の木を目指し来て海の口牧場の風に吹かるる

遠く来て心安らぐ雨に咲く山らつきようの花によりつつ

「キッチン・ガーデン」に伸びたつチコリの花すがし日差しを受けてかく繁りたり

この畑にチャイブの花の咲き揃ふ日を待ちて来む思ひ残れば

草津

娘と二人北へ向へる今日の旅ローカル線に次々乗りて

額紫陽花の上を漂ひ湯煙は杉苔の上に消えてゆきたり

夜の闇に目の馴れ今の安らぎに湯を溢れしめ沈思黙考

溢れたる出湯再び満ちてゆく音の静けし草津の夜は

温泉卵に素麵からませ掬ひゆく娘と二人の夜はふけつつ

腕の怪我に即効ありとは思はねど深くしづめり溢るる出湯に

柳蘭咲く花群を目指し来て振り向けば武具脱の池は光を返す

ブルーベリー思はす液果と近寄りぬ「黒豆の木」は斜りにふかく

白根葡萄といつくしみ言ふ土地の人「黒豆の木」はたわわに実る

下谷に湧きたる雲は忽ちに苔桃色づく斜りに漂ふ

苔桃と交々色づく岩高蘭ここに育つと導かれ来ぬ

ヘアピンカーブ回りて硫黄の更に匂ふ殺生河原もたちまち過ぎぬ

湧き立てる雲にかげれる芳が平日本の国道最高地点に

駒草も日光黄菅も僅か見て渋峠を下る霧まく中を

賽の河原に斎藤茂吉の歌碑も見て地に噴く出湯越えて進めり

「熱の湯」打つ木の板の音見物の人らも混じり湯もみ始まる

感想文

少年の感想文は『罪と罰』夜を徹し書き上げ今爆睡中

大学生になりてもオリエンテーリングを続けたしと希望学部に触れぬ汝なり

オリエンテーリングより帰りて眠り続くる子よ好むハンバーグも食まむとはせず

八ケ岳の森 (七)

猿麻桛《さるをがせ》思はす南米産のチランジア水なく育つ壁を飾りて（八ヶ岳倶楽部五首）

水培ふなく蕾伸び来しエアプランツ砂漠を往きし日を思はしむ

枕木を並べし小道軟らかく行きゆきて蓮華升麻に会ひぬ

掘り下げし炉を取り囲み石の椅子に焔見守る日の近づきぬ

雑木林の中に設へし石組みの炉を囲み親しむ暮らし見守る

近き枝に小雀らを待たせ餌台をしばし独占す懸巣の一羽

一つづつ向日葵の種を銜へ去る小雀は忙し朝の庭に

二度三度庭に来し懸巣も来ずなりて日は傾きぬ八ヶ岳《やつ》の高嶺に

木星の帯が見えると我を呼ぶ露台に望遠鏡を据ゑてゐし子は

岳樺の蔭に木星は移りゆき代はる代はる確かむ衛星四つ

姫鼠も夜を潜み棲みゐるこの露台傾く銀河を見むと出でたり

一年に姫鼠も露台に住みつきて餌台に居るは尾の長き一匹

モネの睡蓮

寒葵一葉葵を見分けつつ嵐の過ぎし庭を見巡る

杜鵑草乱れ咲く庭丸花蜂の翅ふるはせて数多飛び立つ

白玉椿一本植ゑむこの小さき庭に目白の来る日を待ちて

出で入りの楽しくなりぬ冬珊瑚の実をつけし苗を路地に下ろして

挿し木して再びの花豊かなる蕊持つ赤き椿「日光《じつくわう》」

少年の土産の栞にオルセーのモネの睡蓮の池はなやぎて

美男葛も万両もまだらに色づきて我が庭も今は冬となりゆく

君の庭より来し寒葵何時の間にわが庭石をつつみて繁る

二葉葵はすでに新芽の出揃ひぬ古き葉を落とし静もる庭に

年賀状の写真を撮ると娘は言ひて色づく美男葛にカメラ向けたり

烏瓜は松に絡まり色づきぬ姑のいまさば許さざるべし

庭先に百二歳の刀自にこやかに先生はお元気ですかと亡き夫を言ふ

画眉鳥は鳴き真似上手な帰化鳥か喧《かまびす》しき声に我はたぢろぐ

煙のごとく暫し漂ふ南蛮ギセルの種を薄の根に振りて蒔く

ロマネスコ

カリフラワーとブロッコリーの交配種ロマネスコ甘し今朝のサラダに

新しき高原野菜のロマネスコ螺髪の如き突起の並ぶ

膝の手術は暖かくなつたらしませうか　かくして我の手術決まりぬ

髪形を変ふれば気分も変はるらむ一人の家に鍵かけて出づ

二部屋の障子外しぬ夫亡き後やうやく貼り替へむ心動きて

新しき潜り戸は檜葉の木の香り亡き夫知らぬ調度のひとつ

遊歩道も公園も槻川べりに出来ると言ふその日を待ちて散歩に出でむ

外灯の工事終りてＬＥＤ明るく灯る庭に帰りきぬ

この一鉢に心安らぐ夫の好みし「女神のスリッパ《パフィオペディルム》」を玄関に置く

昨日まで木の上に有りし榠櫨二個今朝は叢に落ちて匂へり

平成二十二年

新しき年

獅子舞の獅子が蜜柑を食べる仕草繰りかへし見て子らとくつろぐ

きびきびとめりはりのある獅子舞を踊るは女《をみな》しなやかに立つ

年男が次々出でて餅を搗く臘梅匂ふイベント広場に

三歳の児も小さき杵に餅を搗くその父親に助けられつつ

フレンチトーストが美味しかつたと言ふ少年の好みも知りて共にくつろぐ

子供動物自然公園

ユーカリの種類いくつも嗅ぎわくる大き鼻持つコアラは親し

コアラの盲腸長さは何と二メートルユーカリもゆつくり消化されむ

白菜をひたすら食みゐしカピバラに落ち着きのなし湯に入る時間か

時間かけて給餌終れればカピバラは自ら温泉に近づきて行く

この一族すべてマリリンの産みし仔と聞きて親しむカピバラ舎の前に

耳閉ざし目は見開きて温泉に浸るカピバラ身を寄せあひて

遮光せしケージの中に眼の赤きアフリカ山鼠《やまね》は我をうかがふ

名にそぐはぬ小さく可愛ゆき荒地鼠二匹ほぐれず団子のごとく

根津美術館

髪は豊かに左右に束ね初々し唐三彩の女人坐像は

肩に掛けし領巾《ひれ》を両手に抑へつついとけなし唐三彩のこの女人像

鶏頭の花はまさしく波打ちて描かれてをり「青花花卉文盤《せいかかきもんばん》」に

釉かけし指跡は大らかに残りたり唐津の「鉄絵葦文の瓶」に

白玉《はくぎよく》の如来立像肩にかけし衣は波打ちて裾に重なる

ガンダーラの菩薩の眼鼻整ひて翻波の刻みはあくまでも深し

波打ちて裾に重なる白き衣の流れ麗し素足のぞきて

胸飾り豊かに装ひほそき身をつつむ衣文の流れ麗し（十一面観音立像龕）

鱗状の文様覆ふ酒器の尊背中合はせに羊の二頭（青銅　双羊尊《さうやうそん》）

光琳が描きし梅はシンプルに乾山が漢詩を添へし角皿

石を敷く露地を危ふく踏みて行く石の仏を左右に見つつ

石畳の路地を下りて橋を渡り舟浮かぶ見ゆ木の間がくれに

利根川の氾濫に備へし舟なりと聞きて親しむ今日来し園に

白玉椿

実生より育てし白玉椿庭に咲き居間のソファーに我はくつろぐ

月遅れの四月まで飾る雛を出す亡き夫の誕生日三月三日

白玉椿の初花を今日は供へたり亡き夫の誕生日を家籠りつつ

空を知らぬまま貂に咬み殺されし朱鷺か放鳥前のケージの中に

池もあり止まり木もある馴化ケージに保護されて放たるる日を待ちゐしに

大桟橋

大桟橋に人の動きの絶ゆるなし風強く遅れ接岸せし飛鳥Ⅱ号

グラデーションにビオラ三色波打ちて「横浜赤レンガ倉庫」の広場

海風はいよいよ強し食べものの焦げる匂ひと花を吹く風

発着するシーバスもなし眼下の「ぷかりさん橋」風に揺れつつ

風力発電の風車が対岸に回る見え雨雲俄かに薄れ行きたり

海に注ぐ細き流れに逆流する波煌めきて雨上がりたり

鎌倉比企ヶ谷

鎌倉街道の起点の標を確かめて三の鳥居を背にして進む

風に倒れし御神木の跡保護されて土柔らかく均されてあり

風に倒れし千年のこの大銀杏を移し植ゑひたすら再生を待たむこころみ

み社の丹塗りの橋に栗鼠の居て動き素早し姿かくしぬ

牡丹園を出でて憩へばまのあたり青鷺の居て身じろぎもせず

心なし幼らも声を潜めつつ方丈の奥の庭園めぐる

海棠の花には早き鎌倉妙本寺慎みて比企一族の墓前に詣づ

奥まりし所に比企一族の墓見出づ供へし蘭の花新しく

比企ヶ谷この新釈迦堂に万葉の歌訓み解きし仙覚律師

無縁仏を祀れるもあり海蔵寺裏山裾に並ぶやぐらに

冬草の中より芽吹く花菖蒲「海蔵寺やぐら」の前に続けり

切り揃へし薪積み上ぐるやぐらあり用途を変へて受け継がれたり

駿河台匂

人住みし小さき区画均らされてのらぼう菜ひとつら花咲き盛る

咲き満ちて散る花もなき駿河台匂休日の歩道を行きては戻る

道灌道に咲き盛る十七本の駿河台匂亡き夫と共に見るべかりしを

休日のビルは出で入る人もなくかそかなる駿河台匂の香に振り返る

朱鷺

自然界での産卵は三十一年ぶりと言ふ嘴にて卵を転がす朱鷺を伝ふる

朱鷺の自然孵化の望み絶たれぬ親自ら発育止まりし卵を巣より放りて

土屋文明歌碑

一年ぶりの慈光寺に我は目を見張る土屋先生の新しき歌碑を見出でて

赤みある根府川石に刻まれし「亡き後を」の御歌声出《いだ》し読む

歌碑の台は土屋邸の沓脱石親しみもちて我は手触れぬ

新しき文明歌碑の傍らに二本目の駿河台匂植ゑられてあり

枝を切り詰め麻のテープに保護されつつ慈光寺に植ゑられし旗桜かこれが

四百年の「長勝院旗桜」を接ぎ木して若返りし一木おろそかならず

「世界に一本」と誇る長勝院旗桜慈光寺に若返り咲く日を待たむ

大島桜の台木に長勝院旗桜の若芽を接ぎて成りし一木か

花びらのほかに雄蕊の変形せし「旗」をもつ「旗桜」の由来は親し

猩々草

心萎ゆる身を養はむと思ひたち天窓の下にベッド移しぬ

ブラインドより届く光の柔らかく天窓の下に今朝は目覚めぬ

寂れゆくこの裏通りこぼれ咲きのポピーは一色家ごとに咲く

人住まずなりて久しきこの家に年々の猩々草を見むと来りぬ

八ケ岳の森　(八)

枕木を敷きたる道は柔らかく手触れむばかりに山芍薬は

桷《ずみ》と小梨を全く同じ木と知りて今日行く八ヶ岳の道は楽しも

いつ来ても分水嶺の丘は楽し八ヶ岳見えねば明日また来むよ

展望台の下に伸びゆく佐久往還桷の一木を遠く見放けて

道の端の花はラベンダーより山がらしに変りたり長野より山梨へ県境過ぎて

牧草地続く果《はたて》に枝張りて大き山梨の花咲き盛る

朝のロッジに高原ヒュッテに聞きし郭公か今向ふ音楽堂の空にひびけり

売りに出てゐる国有地と告げ君はさり気なし紅花一薬草の群落を前に

苔玉にまるめてみたき苔のあり石斛を丹念に植込みてみたし

入院

消灯よりまだ五時間か朝までの四時間を思ひ眼《まなこ》つむりぬ

「お母さん家へ帰れなくなっちゃったよ迎えに来ておくれ」処置室に繰り返す声は切なし

梔子は大きく枝張り香りたつひと月の入院より帰りし庭に

初摘みの茗荷届きぬいち早く我が退院を隣人知りて

丈短く束ねし向日葵のブーケ届くわが誕生日と退院を祝ふと

八ケ岳の森　㈨

枕木を並べて成りし道広し心地よく踏み山小屋に入る

ログ積みの標札《ハウスサイン》も整ひて今日久々に山小屋に来ぬ

セージの匂ひ指に残りて摘みてゆく今年最後の花穂揃へて

二、三年つづけて刈れば笹の下より鈴蘭萌ゆると土地の人言ふ

笹の下に鈴蘭萌ゆる日を待ちて子は山小屋の下草を刈る

腐葉土積む明るき林となりたりと銀竜草《ぎんりようそう》もゆる日を汝《なれ》は待つ

銀竜草を始めて見出でしはこのあたり目印は洞《うろ》のある大き樅の木

深々と落葉積む林の中をゆく膝までの笹は刈り払はれて

「白山風露咲く家」と子は常に言ふ車百合もあやめも今日は咲きをり

「アサギマダラだ」と車を止めて子は誘《いざな》ふ丸葉岳蕗咲く叢へ

杣添川にキャッチアンドリリースを楽しみて林の中を子は帰りくる

仙覚万葉の里

手術後の試歩のコースと登り来ぬ万葉のモニュメントを道々に見て

空堀の跡には細く道とほり家持の歌憶良の歌を掲げぬ

「石走る」のモニュメントを見て引き返す露草覆ふ道踏み分けて

仙覚の岡を下りて水しぶく流れあり町工場の音響きつつ

モニュメント見つつ下りゆく仙覚の万葉の道山吹通り

暑くならむ一日の気配蝉しぐれ聞きつつ仙覚の岡にたたずむ

アルストロメリア咲く仙覚の岡の畑煉瓦の道は足になじみて

西山温泉・奈良田

覚えある集落いくつ家ごとに今を盛りと夏水仙《リコリス》の咲く

富士川の広き流れを見つつ下る水力発電所も久々に見て

明らかに大地の裂け目が露呈する糸魚川より静岡に至る岩盤

自噴せる出湯の恵み有りがたしフォッサマグナも列島のここを通れど

水碧き小さきダム湖を通り過ぐ板葺きの屋根に石置く民家

昭和二十八年トロッコの走りゐしこの奈良田人づてに聞き憧れて来し

旱魃にも豪雨にも変らぬ「御符水《ごふうすい》」奈良田の七不思議と伝はるひとつ

焼畑農耕を伝ふる映像もしばし見てゆつくり徘徊《もとほ》る奈良田七段

繰り返し畑を焼きて肥えし土蕎麦を大豆を作り続けし

粟の穂を蕎麦の実をしごきし小さき道具人差指にはめし木の実の殻は

民族資料館に目にとめ親しむ「アラク小屋」に籠りて農にいそしみたりしか

思ひがけず大き信玄升に出会ひたり甲斐の国奈良田の民俗資料館に

藤蔓に織りたる「タホ」を染めし池水に浸くれば茶色に染まる

天井画の竜は真中に世を見据ゑ五本の爪をくつきりと見す

（身延山久遠寺本堂・加山又造画）

星野温泉

藤袴胡麻菜の花を路地に見て水響く今宵の宿に落ち着く

菅笠の影ゆらしつつ水行灯《みづあんどん》に明かり点しゆく女《をみな》は若し

灯の点る行灯の影池に揺れ暗みゆく路地を出湯に向かふ

五月にはいかなる花の咲くならむ山法師咲く日を待ちて来む

この路地に立つは幾度段なして迸る水の響き楽しむ

一方通行の小型車に再び乗りて出づ娘と今宵のレストランに向ひて

日没より三十分のリアルタイム巣箱にグルーミングするむささび映る

巣箱より落葉松の梢を登りゆきむささびは飛ぶ飛膜広げて

巣箱より飛び立つむささび夜の闇に消ゆるまで見て踵を返す

下方より上方へは飛ばぬむささびが森の梢を今宵も飛び移りゐむ

木の実を食べし熊が樹上に残しゆきし熊棚といふをしみじみ見上ぐ

栗の木に熊棚数多残りをり思ひがけざる熊の営み

朝鮮五味子を口にふふみて登りゆく木の段踏みて千ヶ滝目指す

千ヶ滝見えゐて遠し白根センキュウ咲く叢のなほ続きつつ

大方は緋連雀が種を運ぶといふ寄生木勢ふ栗の大樹に

身の細き青げら見出で立ち止まり我ら見守る声をひそめて

里山が近くなり来ぬ生垣を出で入る鷽《うそ》にいく度もあふ

四十雀小雀日雀の混じる群小さき庭を飛び交ふ見れば

軽鴨は満天星の根方に蹲る行きかふ人に関はりもなく

鶺が去り軽鴨が去り暮れ残る日差しはまぶし遠き紅葉に

万葉の小道

美男葛が烏瓜が庭に色づきてガラス磨きによき日和なり

瓢いくつか南の窓に吊るす納屋切りて並べし白菜干反る

柚子の実が蜜柑が斜りに色づきて日のさす畑は今日暖かく

吉祥草は生垣の裾に咲き出でて大きくカーブせり万葉の小道は

岡の上に紅葉づる一木を見むと来て思はざりき仙覚の石碑《いしぶみ》をつつむ日だまり

テニスコートに球打つ中学生七、八人甲高き声風に乗り来る

色づきし大銀杏の落葉は降りつもる半僧坊の階に羅漢のめぐりに

仙覚の岡の下草冬枯れて咲き残る犬蓼の花を清しむ

冬庭

ちやぼ檜葉五本伐りてしまひたり診察室への渡り廊下作ると

祖父が植ゑし銀木犀はアプローチの真中となれば敢へ無く切らる

溝板を踏みて真直ぐ歩みゆく膝の手術より我は帰りて

冬庭の手入れ終りてひと回り小さく整ひし松を見飽かず

凌霄花も木香薔薇も思ひきり切り詰めて冬の庭の静けし

烏瓜集めて庭石に置きたればすかさず鵯の下り来て啄ばむ

冬庭の手入れ終りて吾は植う挿し木して育てし紫陽花「隅田の花火」

五年間に伸びたちしメタセコイア五十センチ電線を避けて切り戻されぬ

平成二十三年

スカイツリー

スカイツリーと真向ふ窓に目覚めたり元日の朝子も孫もゐて

大き黄金の鯉泳ぐ池には稚魚も群れその影素早し我が足元に

冬の庭にあふるる山茶花サイネリヤせせらぎの音を聞きつつ歩む

木々の繁りも石灯籠も古色帯ぶここ江戸城の外堀跡は

佐渡金山より運ばれしこの赤玉石日にぬくもりて光沢のあり

ぬめりある肌を思はす赤玉石砕かば金の砂《いさご》こぼれむ

立木のまま化石になりし根の姿まざまざと草木の繁りを乗せて

水の中に低く影落とす石灯籠写真を撮りて人は去りたり

「濡れ鷺灯籠」のかもす風情を楽しみてたまゆら江戸の世にある如し

大き滝小さき滝もしつらへて石菖繁るビオトープのせせらぎ

槻川の水辺

向う岸をブルドーザーの行き来して槻川の水辺再生の工事始まる

仮設道路の轍深まりぬブルドーザーは土手より河原を登り降りして

鯉の群も今は下流にのがれたりブルドーザーが朝より動く

コロニーの枝々にをりし白鷺はいづくに去りしか工事進みて

粉々に砕かれし青竹もつづまりは堆肥になるらし袋につめて

堰の上の中洲に居りし鴨数羽川を下り橋の下に今日は安らふ

桜堤に続くゆるやかな傾斜面芝の芽吹きも淡々として

堰上の公園より水辺へのアプローチ雑木林は明るく続く

雑木林の中の遊歩道をイメージして白鷺の帰り棲む日を待たむ

波消しブロックの間流れて光る水今日の入り日に一際まぶし

河川工事に塒追はれし雉の番今日も朝より河原を歩む

河川工事は昼の休みか雉子一羽ブルドーザーの傍ら歩む

水の辺の遊歩道にはベンチを置くといふ夏の夕べの待たるるものを

自然石の飛び石を堰下に渡りゆく淵には鯉も帰りて棲むか

翡翠の営巣地はそのまま残すといふ河岸は自然のまま保たれて

早瀬あり淵あり翡翠の営巣地このあたり自然の岸もわづかに残す

日本蒲公英

黄のプリムラのみを残して鵯はプランターの蕾を食べつくしたり

年々に新しき球根をつぎたしてスノードロップを我は楽しむ

掘割りの上に山茱萸の咲く頃と遠まはりしてポストに来りぬ

人住まずなりて久しき庭に来て今年も日本蒲公英咲くを確かむ

仙覚の岡に咲けるも穴八幡に咲けるも日本蒲公英と知りて安らぐ

鉢に植ゑし君ののらぼう菜は逞しくこの朝の味噌汁に我は楽しむ

ニュージーランド地震

大聖堂に近きハグレー公園に胸熱く立ちしかの日を思ふ

公園の鴨に餌を与へる若き日の宮地先生の写真に心安らぐ

クライストチャーチの花まつりに君を囲む写真の中の友みな若し

マヌカの花の蜜蜂《コムハニー》の巣朝々親しみしニュージーランドのかの日々思ふ

クライストチャーチの地震の第一報日本人学生十一人の行方不明を告げて

「じしんおきた」ニュージーランドより届きたる携帯の六文字に救はれし幾たりぞ

足元の床ごと地震に崩れゆきし恐怖はかりがたし今の我には

志を高く持ちゐし若者ら地震にあひ「息できない」のメールは悲し

椅子に座りし姿勢のままに落下して瓦礫の中に閉ぢ込められしか

「早く」「ヘルプ」「落ちついて」パニックに陥りし叫びまざまざ

「みんなで生きて帰ろう」繰り返す余震の中に励ましあひて

「長期戦になるかもしれない」「体力を残そう」とよくぞ生還せし若者ら

命の極限七十二時間瓦礫に向ひ耳を澄しし救助隊員

東日本大震災

無関心に過ぎて来しかな原発の緊急事態に吾はたぢろぐ

「壊滅だ」うめく漁業者湾内の鮪の漁船流され行きて

大津波の速度はジェット機並みとは計りがたし繰り返しメカニズムを説明されつつ

六〇〇キロの断層破壊も理解できず続く余震にただ怯えゐつ

第一報は死者六十人行方不明五十六人不気味なまでの夜は過ぎつつ

瓦礫と海水の混じり合ひたる濁流が家々を呑み車をさらふ

瞬く間に盛り上がる海木造の住宅が次々流されて行く

水嵩の増し来る車内に閉ざされし恐怖を語る声震へつつ

帰宅難民の中に汝もをりたるか山手線を三時間歩み帰宅せしとは

渦巻く濁流盛り上がる海人が屋根に乗りたるままに流されて行く

「早くしてくれ死んじまう」土砂の深く埋もれし肉親を前に

浸水し動けぬ車よりクラクションの鳴りつづきゐる寂しき響き

瓦礫の中祖母支へゐし少年なり「たいした息子で頼もしい」と父が呟く

「もう駄目！・駄目だあ！・全部駄目」津波に呑まれし仙台空港の叫び悲痛に

水琴窟

木の勢ひ取り戻したる慈光寺の旗桜大き花咲かせたり

柄杓の水静かに注ぎ水琴窟の響き楽しむ山のみ寺に

デッキチェアーに我らくつろぐ白き藤と藤色の藤咲く池に向ひて

秩父の芝桜

秩父夜祭の笠鉾の模様のイメージぞ今咲きさかる岡の芝桜は

淡き水色の芝桜の前に立ち止まる流るる如く描かれてをり

蕾ふふめる紫蘭丈低く庭に群れ君はいまさず寺静まりて

絞りの牡丹大き白牡丹を共に見て札所の寺をなほ去り難し

札所の寺に楚々と咲きゐる白雪芥子切り口より赤き液を出すといふ

赤城自然園

わが入りし園に思はず息を呑む玉咲き桜草の愛しき花群

展望台より見下ろす流れ迸り石楠花の林をぬひて落ちゆく

北回帰線の標柱の丘に見しキジムシロ赤城自然園にまざまざと見る

落葉積む山は明るく拓けつつ筆竜胆のふかぶかと咲く

九輪草咲くせせらぎを越え行きて白根葵咲く山目指すべし

樹上の小屋を揺らせてはしやぐ子等の声芽吹きの山に明るく透る

柔らかき影落としつつ芽吹く山に白根葵は咲きつづきゐる

白根葵の花数多見て帰り行く柔らかきチップの道を踏みつつ

葉書

病む夫の添削の葉書に「お大事に」と宮地先生の一言有難かりき

「歌が出来たら遠慮なくお見せなさい」とニュージーランドに宮地先生は機嫌よかりき

日光・金谷ホテル

明治の世のメニューに出でし虹鱒のソテーをナイフに柔らかく切る

明治の代にトーマス・グラバー放流し鱒の養殖ここに始まる

ヘボン博士、ヘレンケラーのサイン見て朝のホテルに暫しくつろぐ

暖炉の上の「迦陵頻伽」の彫刻も朝夕に見て我ら親しむ

「三十六歌仙」の額をバンケットホールに探し当て暗き照明に眼を凝らし見る

探幽は見しこともなき象を描きぬ目元やさしく体武骨に

九輪草が咲いてゐるよと我を呼ぶ先に大谷川に降りゆきし子が

池のほとりの苔の中には銀竜草人目にふるることもなく咲く

クレソンの花白々と咲きつげり虹鱒を飼ふ池のほとりに

思ひしより流れの早き大谷川岸辺には銀竜草も蝮草も咲く

想像の象も麒麟も荒々し目移りしつつ欄間見上ぐる

栗石の一つ一つを裏返す奉仕のあるを素直に聞きぬ

陽明門を入り来りて目に入りぬ石灯籠の笠に花つけし石斛

純白より薄紅に色変はりつつ豊かなり石灯籠に石斛根づく

路地にしやがみ苔より雑草を抜く人あり細き竹串と篦を片手に

八ケ岳の森　㈩

山小屋に桜数本植ゑたれば一度見に来よと子は今朝も言ふ

凹みある大き庭石を「箱庭」に見立てて今日は水芭蕉植う

敷地内にある木はおほよそすでに植ゑ樬の木もあると「箱庭」を見す

樅も桜も米栂もあり「箱庭」に今日咲きゐるは色濃き菫

玄関先のブルーベリーは庭に来る小鳥のために植ゑしと聞きぬ

ログハウスへ行き来の道も楽しからむ板谷楓の色づく頃は

鉢に育てし富士桜家より運び来て支柱を添へてここに根付けり

このあたりは三つ葉躑躅が咲くはずとウッドデッキに立ちて子は言ふ

笹刈りし林はいたく明るみていくところにも銀竜草咲く

黄花オダマキ咲きをればしばし立ち止まる一年ぶりの山の池に来て

水辺にも山の中にも咲く菖蒲《あやめ》二日をりたる山小屋を去る

片栗は悉く種子となりし園枕木を敷く道は静けし

儀助さんの畑

猪の時々来るといふ畑より儀助さんの大きジャガ芋届く

凹みある石に根付きて咲く擬宝珠の一株すがし暑き日とならむ

水苔につつみて石斛を植ゑて行くアクセントに富士の黒ぼく添へて

霧ふきの水を今日もわが注ぐ富士の黒ぼくに石斛植ゑて

丸顔に親しみ覚ゆるお母さんバカラのグラスには「母の日おめでとう」

バカラのグラスに描かれてゐるお母さんイニシャル「B」のネックレスをして

トマトジュースを朝々飲みて楽しまむ子より届きしバカラのグラスに

五歳児ははしやぎて止まず夏祭りの揃ひの法被に鉢巻きをして

夏祭りに伴ひしこの五歳児は時折立ち止まりては「ワオ！　イケメン！」

この留守電カンボジアに転送されゐむか盆の休みがスタートしたり

夏休も無事終りたり医師会の連絡はカンボジアまで転送されて

カンボジアのガイドさんよりメール届く「うちださまとかぞくとはおげんきですか」と

この窓になりゐるゴーヤは十余り期日前投票に来たる役場に

初めての花咲くを待つ挿し木して三年目の明石潟に斑の入りたり

武州寄居・七福神

毘沙門天祀る境内に入りて来つ花には早き曼珠沙華の群は

弁財天祀る境内に入り行き蒲の穂伸びたつ池に寄り行く

古代米は赤み帯びつつ穂孕みてまろく小さき田に繁りたり

池めぐり橋を渡りて進み行くジンジャーの花咲くも親しく

大黒天の台座のきれ目より伸びたちて曼珠沙華は花芽伸ばせり

交通安全の幟はためく境内に仏足石あれば我は寄り行く

仏の足を彫りたる石は波打ちて大き公孫樹の木陰に安らふ

白き曼珠沙華群れ咲く角を曲がり行く大き御仏遠く見えつつ

親しみある大き福禄寿の前に進み女郎花咲く叢に立つ

女郎花藤袴萩こもごもに咲く花の群かき分けて行く

恵比寿様の抱へる鯛の目は大きくダチュラの花によりて安らぐ

藤の実は触れむばかりに地に下がり腰をかがめてその下を行く

萩の花続く斜りを見上げつつ暫し憩ひぬ涼しき風に

寺々を見めぐりたりし安らぎに白き曼珠沙華一株買ひぬ

八ケ岳の森　㈩

九年前夫と来し北八ヶ岳の「坪庭」か縞枯山に立ちつくしたり

苔深く覆ふ熔岩の傍らに御前橋の朱実かがやく

木の道は熔岩荒き原に尽き縞枯れ進む山を仰ぎぬ

這松と紅葉せる丁子コメツツジ音無き八ケ岳熔岩台地に

熔岩を包みこみつつ苔桃の繁りはすがし朱実かかげて

大き熔岩の上に平たくのびゆきて岩高蘭の実は豊かなり

山ハハコ何処にも咲く岩かげに霜を避け咲くは白鮮やかに

御前橋の朱実群がる草谷を木の橋一つ越えて行きたり

八ケ岳最後の噴火に生まれたる「坪庭」は楽し岩の間を行く

山葡萄紅葉する峡に入り来たり実の大方は猿喰ひしとぞ

山小屋の小さき箱庭に紅葉せる山桜一株十センチほど

落葉松も米栂もあり箱庭の下草としてふかふかのびて

　　欅川の水辺再生工事成る

向う岸より祭囃子の聞え来る槻川の水辺再生工事の成りて

女子高生らの書道パフォーマンス始まりて襷りりしき少女ら行きかふ

雨の音をかき消す手拍子掛け声に書道パフォーマンス今はたけなは

淡き朱色の袴には飛びたる墨も見ゆ女子高生らの書道パフォーマンス

堰の上にはカヌーも和船も今日は出でて子等の甲高き声響きあふ

青鷺は身じろぎもせず「水辺再生」なりたる堰の魚道に立ちて

堰下にいつより棲むか大き鯉今朝も確かむ四匹ゐたり

雨後の川今朝は早くも澄みをりて鯎《うぐひ》の群の向きを変へたり

皇帝ダリア

「裏の畑に皇帝ダリアが咲いています」貼り紙に誘はれ我は入り来ぬ

青き空に高く伸びたる枝に咲く皇帝ダリアの花百余り

鉢の中の小さき櫨の紅葉を山野草展に見出でし喜び

下草の立浪草も姫蓼も花持ちてもみぢの鉢に静けし

我が庭に馴染むか否や君の庭の唐橘一株貰ひ来て置く

実生にて庭に伸び来し万両が白き実つけしを今朝は確かむ

爪木崎

咲きつづく大方は日本水仙にて八重咲きもまじり岬に香る

日本水仙八重咲き野水仙を見分けつつ香りの強きひとところ過ぐ

爪木崎の南の沖合に明治三年成りし最古の神子《みこ》元島《もとじま》灯台は

車輪梅の艶ある葉叢根元にはキツネノカミソリ豊かに萌えて

代るがはる海を覗けばなだれ落つ柱状節理のこの岸壁は

下田

黒船を模したる遊覧船「サスケハナ」我らを乗すと近づきて来る

つづまりは貧困の果てに身投げせし唐人お吉の美貌は悲し

千株のアメリカンジャスミン咲くといふ下田条約締結の寺に

箱根

蝦夷鹿のポワレにロマネスコのスライスを添へし一皿忘れがたしも

出湯あふるる浴槽より手触れむばかりなり枝を伸ばして色づく青木

三本にも六本にも見ゆる七本杉他愛なし朝の園に見あげて

新しく動き始めし日時計ぞここ箱根岩崎家別邸の跡に

百年ぶりに復活せし日時計雲のきるるを待ちて十時十分と読み取る

ルナリアを描きしラリックの香水瓶遠く来し美術館に足とどめ見る

刺ある故ボケと親しむラリックの「日本の林檎の木」と題するサイドランプか

オパールの輝きを持つガラスをバックに「松かさ」は親し大き脚付の杯

ラリックの美術館出でてもとほれば庭に寄生木あり緑勢ふ

平成二十四年

翡翠《かはせみ》

君の温室のどんこ椎茸肉厚く香り豊かに焼きあがりたり

夫君の造りし温室春とならば石斛も君子蘭の花も溢れむ

槻川の流れに据ゑし飛び石を渡りて向う岸に友を尋ねし

収穫の大方終へし紅菜台残りの花の咲き乱れつつ

粘りある故里甲斐の「やはたいも」衣かつぎにして籠に盛りたり

霜とけなば故里甲斐の「やはたいも」友らと植ゑむ楽しみに待つ

臙脂の絨毯少しくすみて見ゆれども電球をＬＥＤに替へて安らぐ

ガラス戸を開けても飛びたつ気配なし咲き満ちし臘梅に群るる目白ら

見慣れたる鯉の群常のごとくゐて土手の上より今朝は見て去る

雪の朝は四十雀が来ること多し小さき滝にすでに水浴びてゐつ

葉蘭の中に見え隠れして尉鶲忽ち雪の庭をとび去る

掘割の石垣の上より飛びたちし翡翠《かはせみ》は鋭きひと声あげて

槻川の流れうかがひ翡翠は冬枯れの柿の枝に止まりぬ

枝低く居りし翡翠槻川の流れに向ひ羽ひろげたり

川岸の工事のがれゐし雉の番ひ今朝は槻川の河原を歩む

槻川を下りて来れば橋をはさみ鳴き交はす雉の声透りたり

人住まずなりたる庭の山茱萸に尉鶲ゐて朝より騒ぐ

宮地伸一先生

彼岸の入りの今日は来りて宮地先生に亡き夫に供へむルピナスを買ふ

宮地先生に伴はれ行きしクック山ビレッジに咲きさかりゐしルピナス恋ほし

雪に耀くマウント・クックを日々に見て清々しかりき澄める空気も

タスマン氷河への遊覧飛行のかなはざりしかの日もルピナス美しかりき

雉の仔

都幾川の流れ大きくカーブして空にはあまた鶺鴒飛びかふ

鶺鴒は何をついばむトラクターの掘り起こし行く畝に降り来て

程よく伸びし花芽選びて摘みて行く紅菜台の茎揃へつつ

夕早く塒に帰りし青鷺と思ひしが再び飛び立ち行きぬ

三羽の仔を河原に残し雉の親は何処に行きしか鳴く声すれど

松戸・戸定邸

徳川昭武写しし初冬の農の家木の枝に垣根に大根を干す

まさに出でむとする小舟一艘目の粗き蛇籠積まれし岸を離れて

古ヶ崎十郎池の釣り風景逆さまに水に映る冬木すがしく

二葉葵のしげみにひそむ紫褐色の花を確かむ葉をかきわけて

戸定邸の葉蘭はみどり豊かなり芽吹き始めし楠の木下に

内蔵《うちぐら》の厚き扉は重々し葵紋つけし大き長持納めて

戸定邸の書斎めぐり来て部屋の四隅に物々しき金具あり蚊帳の吊手か

丸窓に紫躑躅僅か揺れ戸定邸の奥「八重の間」静けし

欄間には蝶と雀の透かし彫り昭武の生母の「秋庭の間」は

花びらを指先にて丹念に練り上げし昭武の造りし牡丹の香合

八ケ岳の森 ㈢

五十雀が来て去り小雀が来て去ればやうやく山の家に落ち着く

餌台の胡桃を素早く銜へ去る懸巣の二羽は繰り返し来て

匍匐前進にて餌台の胡桃ににじり寄る仔栗鼠のしぐさ見つつ飽かなく

音楽堂を巡り来りて振り返る雪被く赤岳に心和みて

佐久・龍岡城

維新の後に完成せし龍岡城の五稜郭水堀に土塁に桜散り頻く

堀の水面に桜の花は散りしけり五稜郭の跡をとどむるこの龍岡に

城跡の校門を出で行く少年ら桜散る堀を次々渡りて

桜咲き物音もなし山羊二頭静かに草食む傍らを過ぐ

坂戸・聖天宮《せいてんきゅう》

篤き病癒えしを喜び開廟せし聖天宮《せいてんきゅう》か生国台湾去りて

雑木林を拓き年月をかけし廟に一本柱の石彫九龍柱は

台湾より腕よき宮大工を呼びよせて年月をかけて造りしこの廟

悠久の宮殿を意味する黄色の屋根瓦その上の龍はいたく目を惹く

ためらはず登り来りぬ晴れし日は富士まで見ゆる鼓楼と聞きて

薔薇園と菖蒲田

誕生日に入学に結婚記念日に人々の寄付して成りし薔薇園

進学塾も寄贈者の中に名を連ねし薔薇園のベンチに寄りて安らふ

菖蒲田に純白の大輪は「雪あらし」三年目の大き株立ち上がる

紫に白の縁どりは「星空」か一年目の菖蒲田花もまばらに

川越喜多院

小堀遠州造りし枯山水にいでくれば仔を連れし狸をり橋のたもとに

枯山水の小さき橋には狸の仔長々とゐて動くともなし

裏山の工事をのがれ出で来しかこの枯れ山水に狸の親仔は

「家光誕生の間」も「春日局の間」も僅か見て暑き川越喜多院を去る

氷川神社御神木の欅は樹齢六百年その深き陰を踏みしめて行く

川越美術館（三栖右嗣記念館）

隅田川の水に隅田の金魚泳ぎゐしシャガール美術館の絵の蘇る

白きセーター着るマルガリータは愁ひ持つ少女なりこの美術館の絵に

五百号の絵画三栖氏の「爛熳」は圧巻なり咲き盛る桜には低く翡翠を描きて

向日葵は冬野に枯れて力強し圧《へ》し折られゐる茎逞しく

アマポーラー朱一色に描かれてしなやかなり蕾の一つ一つは

美術館を観したかぶりに帰り行く小さき柿本神社があれば詣でて

パイナップル・リリー

ヘメロカリスの花見むと来て雨後の水の轟く槻川を見き

隣家の畑より届きしピペリカム夫の仏前にわが供へたり

人住まずなりたる今も年々に猩々草萌ゆ小さき敷地に

道にまで零れて萌ゆる猩々草コンクリートの僅かな隙間にも

名もしらず育てし幾年パイナップル・リリーの蕾もつ日を楽しみて待つ

旅先のホテルのロビーに名を知りしパイナップル・リリーの咲く日を待たむ

時差七時間と聞けばミラノは早朝なり盆送りには帰つて来ると子は言ふ

赤き新芽はそれぞれ白く変りゆき初雪葛は鉢に繁りぬ

親水公園の整備なりたり裏の道より君を訪ねむ槻川を渡りて

穴八幡古墳

嫁ぎ来て六十年の武蔵小川町に五百年の欅も知らず過ぎきぬ

大き欅の木下には芭蕉の句碑もあり読みとれぬまま今日は立ち去る

古墳の上には樹齢四、五百年の杉の大木穴八幡古墳を守る如くに

被葬者はこの地の有力人物ぞ新武蔵風土記の記述によれば

半僧坊の上より空堀を見下ろして友らは甲高き声をかけあふ

子の家に登り行く手摺に絡まりて美男葛の花は咲きつぐ

わが庭の矢筈芒の衰へて花とぼし今年の南蛮煙管は

サフランもどきに続きて玉簾の花咲けり我が庭にやうやく秋深まりて

土牛美術館

城は水に影を落として石垣は水にゆらげり土牛描く松本城

硫黄岳横岳赤岳は雪に輝きその下に尾根を細ごま描く

伸びし指は頭上の籠を支へつつ大原女の顔は凜とすがしく

蜂の素描は思ひ思ひの向きに並び翅震ふ音聞ゆるごとし

アラン・ドロンの前に畏まる土牛さんショーケースの中の写真に見入る

千曲川より引き入れし水はささ濁りゆつたりと大き鯉は泳げり

池の中の小さき島には木々繁り松あり紅葉あり羊歯ものびたつ

細身なれば山古志の錦鯉「プラチナ」か土牛の素描見つつ思へり

八ケ岳の森　㈢

一薬草は蒴果となりて続く道千ヶ滝の音近づきて来ぬ

滝を目指して階下り行く樋の如く窪める岩の傍ら過ぎて

冬の花蕨に届く光の柔らかくいたはりあひて病む友とゆく

富士を見て育ちし我のこころ躍る山小屋に今日は富士の見えゐて

幾度もウッドデッキに出でて見る裾ひく富士の今日は見えたり

ウッドデッキの下より響く杣添川健やかならば谷を行かむに

奥只見を行く

幾筋も滝の飛沫が遠く見ゆ橅の黄葉の重なるなかに

羽団扇《はうちは》かへでの紅葉に思はず声をあぐ奥只見湖遊覧船に身をゆだねつつ

遊覧船の窓に見上ぐる送電線川越へ送ると聞けば親しく

アクアマリン・ふくしま

上流の川を再現せる水槽に岩魚は定位す尾鰭ゆらして

水草をなびかせ搔き分け進みゆく井守のしぐさ飽かず見てをり

震災の後に生れし胡麻斑あざらし「きぼう」と聞きていとしさの湧く

エトピリカの鮮やかな嘴は見て飽かず水深くくぐり上がるとき待つ

磐梯熱海から会津へ

胡蝶蘭に万両を添へ敷き詰めて小正月の繭玉は出窓飾れり

三十六歌仙の小皿を今宵楽しまむ日暮れて着きしホテルのロビーに

花の季に来ることあらむ露天の湯に枝のばす山桜を思はず見上ぐ

ノドグロの幽庵焼きにそへられて松葉にさしし銀杏二粒

畳鰯は反りて香ばし咽黒の幽庵焼きのその傍らに

牡蠣豆腐の煮物に添へし姫大根五センチほどに葉も青々と

震度四の地震に反応せずなりし自らが怖しと仲居さん言ふ

朝よりの雪は止みてはまた降りて鶴が城の武者走りに段なし積もる

天守閣を登り来りて雪つりの済みたる松をただに見下ろす

石落としの窓足もとに透かし見てガラスを透す危ふさに立つ

天守閣をバックに桜の枝張りてすでに蕾の脹らむごとし

築百二十年三千俵の大地主の屋敷なりしかこの「鶴井筒」は

山菜蕎麦鰊棒だら黄粉餅築百二十年の家に味はふ

区画整理されし田畑を見下ろして四階の露天の出湯に安らふ

雪を消す水ふきあげる道となる高速道より一般道になりて

縄にくくりて塩引き鮭を吊る店につのり来る雪見つつやすらふ

来む年は三面川に放流せむ鮭の稚魚あまたこの水槽に

あとがき

前歌集は平成十九年で終わり、この度の第六歌集『八ヶ岳の森』には平成二十年から二十四年までの五年間の歌を収めることに致しました。新アララギに載った歌四百一首、林泉に載った歌四百五十五首、短歌新聞に載った歌十首の中から、雁部貞夫先生に選んで頂き七百三十九首と致しました。雁部先生には、ご多忙な日々にもかかわらず、序歌まで賜り、重ねて感謝申し上げます。

第五歌集のあとがきに書いたことですが、旅好きの夫の頭の中には、いつも次の旅行がほぼ決まっていて、忙しい時間をやり繰りしては出無精の私をしばしば連れ出してくれました。

平成十八年、夫が亡くなり二年余り過ぎた頃、息子がかねてより希望しておりましたささやかな山小屋が出来ました。米栂の林床には銀竜草が生え、板谷楓も七竈も季節の移り変りを教えてくれます。ウッドデッキの餌台には鶯、小雀、日雀などが入れ替わり立ち替わりやって来ますし、栗鼠が抜き足差し足でやってきて両手で餌を食べる姿などもよく見かけます。とは言え、山梨生まれの私にとって、ウッドデッキから形よく裾を引く富士山が見えることは何より嬉しい発見でした。

この度の出版に際しましては、現代短歌社社長、道具武志様並びに今泉洋子様ほか多くの方にお力添えいただきましたこと御礼申し上げます。

平成二十六年七月二十七日

内田淳子

内田淳子略歴

昭和７年・・・山梨県に生まれる
昭和24年・・・「アララギ」に入会　終刊まで
昭和27年・・・内田堅二と結婚
昭和61年・・・第一歌集『比企』を出版　内田堅二と共著
平成４年・・・第二歌集『青い水門』を出版　内田堅二と共著
平成10年・・・「新アララギ」に入会　現在に至る
平成12年・・・第三歌集『槻川』を出版
平成15年・・・「林泉」に入会　現在に至る
平成16年・・・第四歌集『城壁の街』を出版
平成18年・・・夫と死別
平成20年・・・第五歌集『沙漠の街』を出版
平成26年・・・第六歌集『八ヶ岳の森』を出版

歌集　八ヶ岳の森

平成26年９月26日　発行

著　者　内　田　淳　子

〒355-0328　埼玉県比企郡小川町大字大塚149-1

発行人　道　具　武　志

印　刷　㈱キャップス

発行所　**現代短歌社**

〒113-0033　東京都文京区本郷1-35-26
振替口座　00160-5-290969
電　　話　03（5804）7100

定価2500円（本体2315円＋税）
ISBN978-4-86534-044-0　C0092　¥2315E